—— 日語能力，快速升級版 ——

世界最簡單 日語單字

一次學會，一生受用

附QR碼線上音檔
行動學習‧即刷即聽

林小瑜‧杉本愛莎
◎合著

日語單字，最快速的學習法

哈福

前言

一次學會，一生受用

本書是專為真正想在短期間增加單字能力，並順利通過日語能力考試為目的，所精心編纂的日語學習教材。內容主要讓讀者理解單字，快速記憶單字，活學活用，這種記憶方法，十分符合醫學上，右腦理解記憶的原則。

考生可通過記憶單字，加深對日語的理解和記憶，同時掌握很多習慣性地表達方式，在JLPT考試上，紮好基礎、先馳得點。

我們都知道，對於使用漢字領域的人而言，閱讀日文的文章是一件相當容易的事。因為在日文的文章中，有許多漢字跟中文意思十分接近，根本不必學習就能了解；甚至於稍稍學習一下， 就能立刻了解其艱深的含意。

可是，在聽力測驗方面就有些困難了。因此，要如何在很短的時間內，提高聽力的程度，是學習日語的一大課題。話雖如此，大家也不用太擔心，因為本書網羅日本人每天使用頻率最高的單字，和日語檢定N3-N5常考、必考單字，詳細歸納、分類記憶，這些單字都是初學日語必備，也是最省時省力的快速記憶法，可以使您的日語聽力進步神速。

目錄

本書構成和使用方法.......... p. 3

分辨常用漢字＆音讀.......... p. 4

名詞
- 3音節.......... p. 8 02
- 4音節.......... p.32 03
- 5音節.......... p.60 04

動詞
- 2音節.......... p.61 05
- 3音節.......... p.70 06
- 4音節.......... p.95 07
- 5音節.......... p.105 08

副詞
- 2音節.......... p.107 09
- 3音節.......... p.108 10
- 4音節.......... p.111 11
- 5音節.......... p.114 12

形容動詞
- 3音節.......... p.115 13
- 4音節.......... p.116 14
- 5音節.......... p.118 15

形容詞
- 2音節～3音節... p.122 16~17
- 4音節.......... p.126 18
- 5音節.......... p.129 19

接頭語・接尾語 p.131 20

記憶測驗 p.135 21

本書構成和使用方法

◆構成

全書以名詞等品詞，分為2、3、4、5音節。

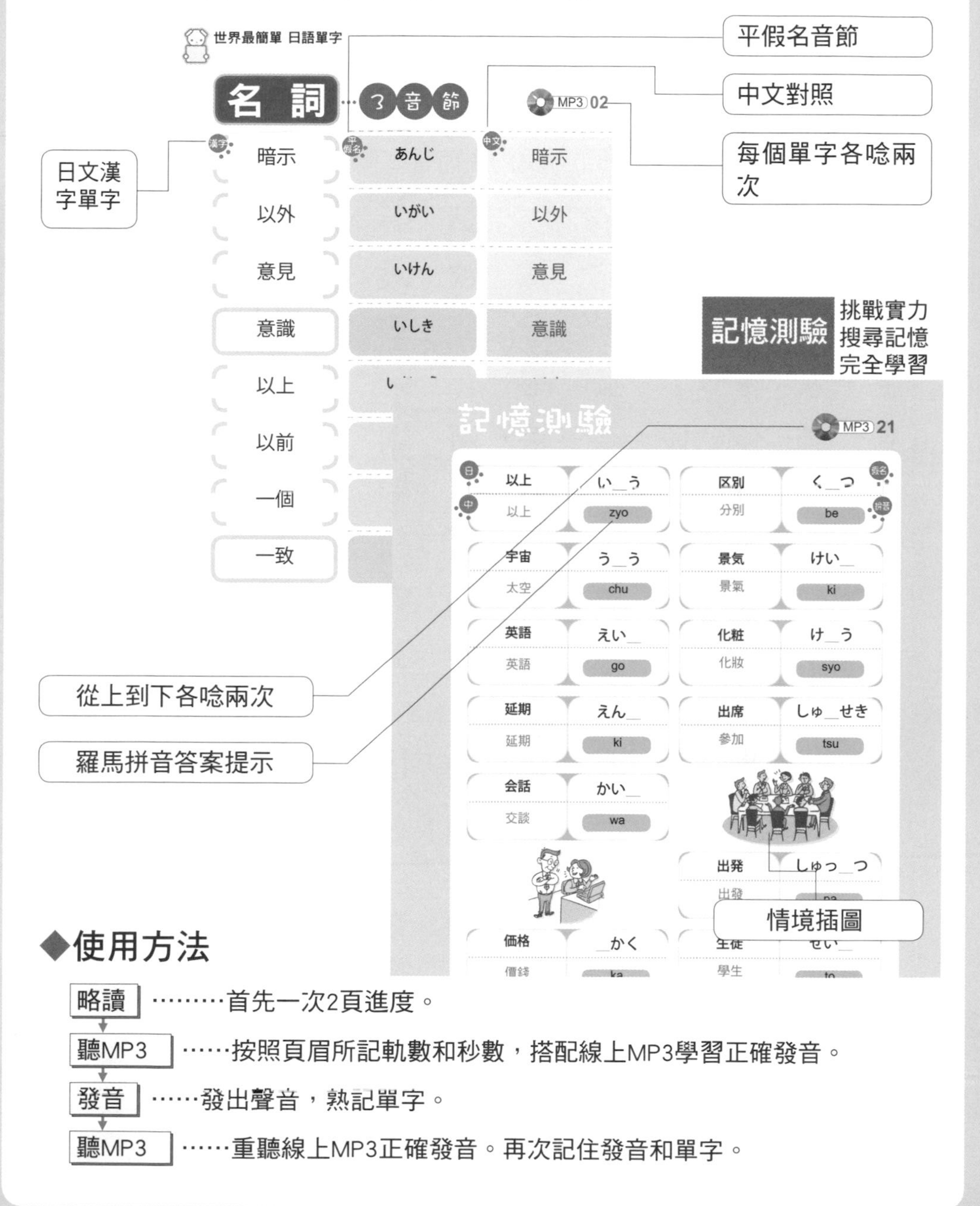

◆使用方法

略讀 ………首先一次2頁進度。

↓

聽MP3 ……按照頁眉所記軌數和秒數，搭配線上MP3學習正確發音。

↓

發音 ……發出聲音，熟記單字。

↓

聽MP3 ……重聽線上MP3正確發音。再次記住發音和單字。

	あ	あく	あつ
日	亜	悪	圧
中	亞	惡	壓

	い	い	いん
日	囲	医	隠
中	圍	醫	隱

	えい	えい	えい	えき
日	栄	営	衛	駅
中	榮	營	衛	驛

	えつ	えん	えん
日	謁	円	塩
中	謁	圓	鹽

お

	おう	おう	おう	おう	おう	おく	おん	おん
日	応	桜	欧	殴	横	奥	温	穏
中	應	櫻	歐	毆	橫	奧	溫	穩

	か	か	か	が	かい	かい	かい	かい	かい	がい	かく	がく
日	仮	価	禍	画	会	悔	海	壊	懐	概	拡	覚
中	假	價	禍	畫	會	悔	海	壞	懷	概	擴	覺

	がく	かつ	かつ	かつ	かん	かん	かん	かん	かん	かん	かん	かん
日	楽	喝	渇	褐	巻	陥	勧	寛	漢	関	歓	観
中	樂	喝	渴	褐	卷	陷	勸	寬	漢	關	歡	觀

	き	き	き	き	き	ぎ	ぎ	きゅう	きょ	きょ	きょう	きょう
日	気	祈	既	帰	器	偽	犠	旧	拠	虚	峡	挟
中	氣	祈	既	歸	器	偽	犧	舊	據	虛	峽	挾

	きょう	きょう	きん
日	郷	響	勤
中	鄉	響	勤

く

	く	く	くん	くん
日	区	駆	勲	薫
中	區	驅	勳	薰

	けい	けい	けい
日	径	茎	恵
中	徑	莖	惠

	けい	けい	けい	けい	けい	けい	げき	けつ	けつ	けん	けん	けん
日	掲	渓	経	軽	継	鶏	撃	欠	研	県	倹	剣
中	揭	溪	經	輕	繼	雞	擊	欠	研	縣	儉	劍

けん	けん	けん	けん	けん	けん	げん	げん
険	圏	検	献	権	験	顕	厳
險	圈	檢	獻	權	驗	顯	嚴

こう	こう	こう
広	効	恒
廣	效	恒

こう	こう	ごう	こく	こく
黄	鉱	号	国	黒
黃	鑛	號	國	黑

さい	さい	さい	さい	ざい	さつ
砕	済	斎	歳	剤	冊
碎	濟	齋	歲	劑	册

さつ	ざつ	さん	さん	さん	さん	さん
殺	雑	参	桟	蚕	惨	散
殺	雜	參	棧	蠶	慘	散

し

し	し	し	し
糸	祉	視	歯
絲	祉	視	齒

じ	じ	しつ	じつ	しゃ	しゃ	しゃ	しゃ	しゃ	しゃく	じゅ	しゅう
児	辞	湿	実	写	社	舎	者	捨	爵	寿	収
兒	辭	溼	實	寫	社	舍	者	捨	爵	壽	收

しゅう	じゅう	じゅう	じゅう	じゅう	じゅう	しゅく	しょ	しょ	しょ	しょ	しょう
臭	従	渋	獣	縦	粛	処	暑	署	諸	緒	将
臭	從	涉	獸	縱	肅	處	暑	署	諸	緒	將

しょう	しょう	しょう	しょう	じょう	じょう	じょう	じょう	じょう	じょう	じょう	じょう
祥	焼	証	装	条	状	乗	浄	畳	縄	壌	嬢
祥	燒	證	裝	條	狀	乘	淨	疊	繩	壤	孃

じょう	じょう	しん	しん	しん	しん	じん
譲	醸	神	真	寝	慎	尽
讓	釀	神	眞	寢	愼	盡

ず	すい	すい	ずい
図	酔	穂	随
圖	醉	穗	隨

ずい	すう
髄	数
髓	數

せ

せい	せい	せい	せつ	せつ	せつ	せん	せん	せん
声	斉	静	窃	摂	節	専	浅	戦
聲	齊	靜	竊	攝	節	專	淺	戰

日 / 中

せん	せん	せん	せん	ぜん
践	銭	潜	繊	禅
踐	錢	潛	纖	禪

そ

そ	そう	そう	そう	そう	そう
祖	双	壮	争	荘	巣
祖	雙	壯	爭	莊	巢

そう	そう	そう	そう	そう	ぞう	ぞう	ぞう	ぞう	そく	ぞく	ぞく
装	僧	層	総	騒	増	憎	蔵	臓	即	属	続
裝	僧	層	總	騷	增	憎	藏	臟	即	屬	續

た

たい	たい	たい	たい	だい	たき	たく	たく	たん	たん	たん
対	体	帯	滞	台	滝	択	沢	担	単	胆
對	體	帶	滯	台	瀧	擇	澤	擔	單	膽

たん	だん	だん	だん
嘆	団	断	弾
嘆	團	斷	彈

ち

ち	ちゅう	ちゅう	ちょ	ちょう	ちょう	ちん
痴	虫	昼	著	庁	懲	鎮
痴	蟲	晝	著	廳	懲	鎮

つか
塚
塚

てい	てつ	てん	てん	でん
逓	鉄	点	転	伝
遞	鐵	點	轉	傳

と	とう	とう	とう
都	灯	当	党
都	燈	當	黨

とう	とう	とく	どく	どく	とつ	無音讀
盗	稲	徳	独	読	突	届
盜	稻	德	獨	讀	突	屆

な

なん
難
難

に
弐
貳

のう	のう
脳	悩
腦	惱

は	はい	はい	ばい	ばい	はく	ばく	はつ	はん
覇	拝	廃	売	梅	博	麦	発	繁
霸	拜	廢	賣	梅	博	麥	發	繁

ばん	ばん
晩	蛮
晚	蠻

ひ

ひ	ひ	ひめ	ひん	ひん	びん	びん
卑	秘	姫	浜	賓	敏	瓶
卑	祕	姬	濱	賓	敏	瓶

ふく	ふつ	ぶつ
福	払	仏
福	拂	佛

へい	へい	へん	へん	べん	べん	べん	べん
併	並	辺	変	弁	弁	弁	勉
併	並	邊	變	辨	瓣	辯	勉

ほ	ほ	ほう	ほう	ほう
歩	舗	宝	豊	褒
步	舖	寶	豐	褒

まい	まん	まん
毎	万	満
每	萬	滿

やく	やく
訳	薬
譯	藥

よ

よ	よ	よ	よう	よう	よう
与	予	余	揺	様	謡
與	予	余	搖	樣	謠

らい	らい	らん	らん
来	頼	乱	覧
來	賴	亂	覽

りゅう	りょ	りょう	りょく
竜	虜	猟	緑
龍	虜	獵	綠

るい	るい	るい
涙	塁	類
淚	壘	類

れ

れい	れい	れい
礼	励	戻
禮	勵	戾

れい	れき	れき	れん	れん	れん
齢	暦	歴	恋	練	錬
齡	曆	歷	戀	練	鍊

ろ	ろう	ろう	ろう	ろう
炉	労	朗	郎	廊
爐	勞	朗	郎	廊

日文的漢字有兩種讀法，一是「訓讀」，一是「音讀」。「訓讀」是借用漢字的字形、字義配上日語固有發音，例：水(みず)。「音讀」則是借用漢字的字形、字義再配上中國古代漢語發音，例：水(すい)。

名詞…3音節

MP3 02

漢字	平假名	中文
暗示	あんじ	暗示
以外	いがい	以外
意見	いけん	意見
意識	いしき	意識
以上	いじょう	以上
以前	いぜん	以前
一個	いっこ	一個
一致	いっち	一致
以内	いない	以內
違反	いはん	違反

日文	假名	中文
衣服	いふく	衣服
以来	いらい	以來
宇宙	うちゅう	太空
英語	えいご	英語
延期	えんき	延期
温度	おんど	溫度
会話	かいわ	交談
価格	かかく	價錢
化学	かがく	化學
科学	かがく	科學
家族	かぞく	家族

漢字	平假名	中文
学期	がっき	學期
括弧	かっこ	括弧
家庭	かてい	家庭
花瓶	かびん	花瓶
科目	かもく	科目
漢字	かんじ	漢字
感謝	かんしゃ	感謝
管理	かんり	管理
議員	ぎいん	議員
記憶	きおく	記憶
気温	きおん	氣溫

機会	きかい	機會
機械	きかい	機械
議会	ぎかい	議會
期間	きかん	期間
期限	きげん	期限
気候	きこう	氣候
技術	ぎじゅつ	技術
犠牲	ぎせい	犧牲
季節	きせつ	季節
汽船	きせん	輪船
規則	きそく	規則

漢字	平假名	中文
期待	きたい	期待
気体	きたい	氣體
記念	きねん	紀念
機能	きのう	功能
希望	きぼう	希望
疑問	ぎもん	疑問
競技	きょうぎ	比賽
教師	きょうし	老師
興味	きょうみ	興趣
去年	きょねん	去年
記録	きろく	紀錄

議論	ぎろん	議論
空気	くうき	空氣
苦痛	くつう	痛苦
区別	くべつ	區別
苦労	くろう	辛苦
景気	けいき	景氣
景色	けしき	風景
化粧	けしょう	化妝
結果	けっか	結果
権威	けんい	權威
検査	けんさ	檢查

漢字	平假名	中文
原子	げんし	原子
権利	けんり	權力
行為	こうい	行為
効果	こうか	成效
豪華	ごうか	奢華
工事	こうじ	工程
誤解	ごかい	誤會
国語	こくご	國文
故障	こしょう	故障
個人	こじん	個人
国家	こっか	國家

日文漢字	假名	中文
今後	こんご	今後
今夜	こんや	今晚
最後	さいご	最後
境	さかい	邊界
作者	さくしゃ	作者
作家	さっか	作家
雑誌	ざっし	刊物
砂糖	さとう	砂糖
砂漠	さばく	沙漠
作用	さよう	影響
散歩	さんぽ	散步

漢字	平假名	中文
四角	しかく	四方形
資格	しかく	資格
時間	じかん	時間
刺激	しげき	刺激
試験	しけん	考試
事件	じけん	事件；案件
自殺	じさつ	自殺
事実	じじつ	事實
始終	しじゅう	從頭到尾
指導	しどう	指導
自分	じぶん	自己

四方	しほう	四周
姉妹	しまい	姊妹
事情	じじょう	情況
自信	じしん	自信
地震	じしん	地震
姿勢	しせい	姿勢
自然	しぜん	自然
思想	しそう	思想
時代	じだい	時代
市民	しみん	市民
氏名	しめい	姓名

漢字	平假名	中文
社会	しゃかい	社會
自由	じゆう	自由
周囲	しゅうい	四周
修理	しゅうり	修理
主権	しゅけん	主權
住所	じゅうしょ	住址
手術	しゅじゅつ	手術
首相	しゅしょう	總理
主人	しゅじん	主人
手段	しゅだん	手段
主張	しゅちょう	主張

日文漢字	讀音	中文
述語	じゅつご	述語
出世	しゅっせ	成功
需要	じゅよう	需求
種類	しゅるい	種類
順序	じゅんじょ	順序
準備	じゅんび	準備
使用	しよう	使用
消化	しょうか	消化
証拠	しょうこ	證據
印	しるし	記號
進歩	しんぽ	進步

漢字	平假名	中文
心理	しんり	心理
真理	しんり	真諦
数字	すうじ	數字
姿	すがた	姿態
頭痛	ずつう	頭痛
頭脳	ずのう	頭腦
生徒	せいと	學生
線路	せんろ	軌道
掃除	そうじ	打掃
粗末	そまつ	粗劣
煙草	たばこ	香煙

玉子	たまご	雞蛋
力	ちから	力量
調子	ちょうし	狀況
貯金	ちょきん	存款
机	つくえ	書桌
都合	つごう	情況
手紙	てがみ	書信
手本	てほん	範本
電気	でんき	電器
電車	でんしゃ	電車
通り	とおり	街道

02 13:03

漢字	平假名	中文
得意	とくい	得意
時計	とけい	鐘錶
床屋	とこや	理髮店
所	ところ	地方
努力	どりょく	努力
内科	ないか	內科
仲間	なかま	同伴
名前	なまえ	名字
涙	なみだ	眼淚
何時	なんじ	幾點
匂い	におい	氣味

漢字	假名	中文
二重	にじゅう	雙重
荷物	にもつ	行李
人気	にんき	受歡迎
温い	ぬるい	微溫
願い	ねがい	願望
鼠	ねずみ	老鼠
値段	ねだん	價格
望み	のぞみ	願望
破裂	はれつ	破裂
場合	ばあい	場合
破壊	はかい	破壞

MP3 02 14:46

漢字	平假名	中文
拍手	はくしゅ	鼓掌
範囲	はんい	範圍
反射	はんしゃ	反射
比較	ひかく	比較
美術	びじゅつ	美術
否定	ひてい	否定
批判	ひはん	批判
秘密	ひみつ	秘密
費用	ひよう	費用
評価	ひょうか	評價
不安	ふあん	不安

日文	假名	中文
夫婦	ふうふ	夫妻
付近	ふきん	附近
不幸	ふこう	不幸
婦人	ふじん	婦女
舞台	ぶたい	舞台
二つ	ふたつ	兩個
普通	ふつう	普通
物価	ぶっか	物價
物理	ぶつり	物理
葡萄	ぶどう	葡萄
部分	ぶぶん	部分

漢字	平假名	中文
不満	ふまん	不滿
文化	ぶんか	文化
分子	ぶんし	分子
平気	へいき	不在乎
平和	へいわ	和平
変化	へんか	變化
返事	へんじ	回話
保険	ほけん	保險
保証	ほしょう	保證
枕	まくら	枕頭
漫画	まんが	漫畫

日文	讀音	中文
味方	みかた	盟友
蜜柑	みかん	橘子
緑	みどり	綠色
港	みなと	港口
南	みなみ	南方
身分	みぶん	身份
見本	みほん	樣本
見舞い	みまい	慰問
身元	みもと	身份
未来	みらい	未來
魅力	みりょく	魅力

漢字	平假名	中文
昔	むかし	以前
息子	むすこ	兒子
娘	むすめ	女兒
夢中	むちゅう	熱中
無料	むりょう	免費
名刺	めいし	名片
名誉	めいよ	名譽
眼鏡	めがね	眼鏡
模範	もはん	榜樣
模様	もよう	花樣
文句	もんく	詞句

野球	やきゅう	棒球
役目	やくめ	角色
休み	やすみ	休息
宿屋	やどや	旅館
勇気	ゆうき	勇氣
輸出	ゆしゅつ	輸出
輸送	ゆそう	輸送
油断	ゆだん	大意
輸入	ゆにゅう	進口
指輪	ゆびわ	戒指
用意	ようい	準備

漢字	平假名	中文
用事	ようじ	事情
様子	ようす	樣子
要素	ようそ	要素
曜日	ようび	星期
予算	よさん	預算
予想	よそう	預料
予定	よてい	預定
夜中	よなか	半夜
予報	よほう	預報
予防	よぼう	預防
予約	よやく	預約

余裕	よゆう	餘地
私	わたし	我
利益	りえき	好處
理解	りかい	理解
理屈	りくつ	事理
理想	りそう	理想
理由	りゆう	理由
流派	りゅうは	流派
利用	りよう	利用
料理	りょうり	烹飪
旅館	りょかん	旅館

漢字	平假名	中文
旅行	りょこう	旅行
理論	りろん	理論
林檎	りんご	蘋果
臨時	りんじ	暫時
歴史	れきし	歷史
列車	れっしゃ	列車
廊下	ろうか	走廊

4 音節

MP3 03

漢字	平假名	中文
愛情	あいじょう	愛情
安心	あんしん	放心
安定	あんてい	穩定

漢字	讀音	中文
案内	あんない	嚮導
一日	いちにち	一天
一年	いちねん	一年
一般	いっぱん	普通
印刷	いんさつ	印刷
影響	えいきょう	影響
栄養	えいよう	營養
遠足	えんそく	郊遊
延長	えんちょう	延長
鉛筆	えんぴつ	鉛筆
応用	おうよう	運用

03 01:20

漢字	平假名	中文
音楽	おんがく	音樂
会員	かいいん	會員
海外	かいがい	海外
海岸	かいがん	海岸
会議	かいぎ	會議
会計	かいけい	會計
解決	かいけつ	解決
外交	がいこう	外交
外国	がいこく	外國
解散	かいさん	解散
外出	がいしゅつ	外出

日文	讀音	中文
会談	かいだん	會談
概念	がいねん	觀念
開発	かいはつ	開發
解放	かいほう	解放
改良	かいりょう	改進
学問	がくもん	學問
感覚	かんかく	感覺
環境	かんきょう	環境
関係	かんけい	關係
歓迎	かんげい	歡迎
観光	かんこう	觀光

漢字	平假名	中文
観察	かんさつ	觀察
感情	かんじょう	感情
関心	かんしん	關心
完成	かんせい	完成
感想	かんそう	感想
感動	かんどう	感動
牛乳	ぎゅうにゅう	牛乳
教育	きょういく	教育
教科書	きょうかしょ	課本
教室	きょうしつ	教室
競走	きょうそう	賽跑

日文	讀音	中文
兄弟	きょうだい	兄弟
共通	きょうつう	共通
共同	きょうどう	共同
教養	きょうよう	教養
協力	きょうりょく	合作
銀行	ぎんこう	銀行
金属	きんぞく	金屬
近代	きんだい	近代
緊張	きんちょう	緊張
空間	くうかん	空間
偶然	ぐうぜん	偶然

漢字	平假名	中文
空想	くうそう	幻想
空腹	くうふく	空肚子
計画	けいかく	計畫
経験	けいけん	經驗
傾向	けいこう	趨勢
経済	けいざい	經濟
警察	けいさつ	警察
計算	けいさん	計算
形式	けいしき	樣式
芸術	げいじゅつ	藝術
軽蔑	けいべつ	輕視

契約	けいやく	契約
血液	けつえき	血液
結局	けっきょく	結果
結婚	けっこん	結婚
決心	けっしん	決心
決定	けってい	決定
結論	けつろん	結論
原因	げんいん	原因
研究	けんきゅう	研究
現金	げんきん	現金
現在	げんざい	現今

漢字	平假名	中文
現実	げんじつ	現實
現象	げんしょう	現象
現状	げんじょう	現狀
建設	けんせつ	建設
原則	げんそく	原則
現代	げんだい	當代
建築	けんちく	建築
憲法	けんぽう	憲法
原料	げんりょう	材料
幸運	こううん	好運
公園	こうえん	公園

講演	こうえん	演講
後悔	こうかい	懊悔
航海	こうかい	航海
郊外	こうがい	郊外
合格	ごうかく	考上
交換	こうかん	交換
高級	こうきゅう	高級
工業	こうぎょう	工業
合計	ごうけい	總計
攻撃	こうげき	攻擊
高校	こうこう	高中

漢字	平假名	中文
広告	こうこく	廣告
交際	こうさい	交往
工場	こうじょう	工廠
構造	こうぞう	結構
交通	こうつう	交通
行動	こうどう	行動
幸福	こうふく	幸福
興奮	こうふん	興奮
公平	こうへい	公平
国際	こくさい	國際
国民	こくみん	國民

日文	讀音	中文
国会	こっかい	國會
今月	こんげつ	這個月
今週	こんしゅう	這星期
困難	こんなん	困難
最近	さいきん	最近
財産	ざいさん	財產
才能	さいのう	才華
裁判	さいばん	審判
材木	ざいもく	木材
今日	こんにち	今天
今晩	こんばん	今晚

漢字	平假名	中文
婚約	こんやく	婚約
混乱	こんらん	混亂
昨晩	さくばん	昨晚
作品	さくひん	作品
作文	さくぶん	作文
材料	ざいりょう	原料
三角	さんかく	三角
失業	しつぎょう	失業
実験	じっけん	實驗
実現	じつげん	實現
実際	じっさい	實際

失敗	しっぱい	失敗
失望	しつぼう	失望
質問	しつもん	質疑
実力	じつりょく	實力
失礼	しつれい	失禮
自転車	じてんしゃ	自行車
自動車	じどうしゃ	汽車
収穫	しゅうかく	收穫
習慣	しゅうかん	習慣
宗教	しゅうきょう	宗教
集合	しゅうごう	集合

漢字	平假名	中文
収集	しゅうしゅう	收集
重傷	じゅうしょう	重傷
就職	しゅうしょく	就職
住宅	じゅうたく	住宅
集団	しゅうだん	集體
収入	しゅうにゅう	收入
紹介	しょうかい	介紹
正月	しょうがつ	新年
商業	しょうぎょう	商業
情況/状況	じょうきょう	情況
条件	じょうけん	條件

正直	しょうじき	正直
常識	じょうしき	常識
小説	しょうせつ	小說
状態	じょうたい	情形
冗談	じょうだん	玩笑
商店	しょうてん	商店
上等	じょうとう	高級
衝突	しょうとつ	衝撞
少年	しょうねん	少年
商売	しょうばい	買賣
商標	しょうひょう	商標

漢字	平假名	中文
商品	しょうひん	商品
情報	じょうほう	情報
証明	しょうめい	證明
正面	しょうめん	正面
将来	しょうらい	將來
上陸	じょうりく	登陸
省略	しょうりゃく	省略
職業	しょくぎょう	職業
燭台	しょくだい	燭台
植物	しょくぶつ	植物
素人	しろうと	外行人

日文	假名	中文
人格	じんかく	人格
神経	しんけい	神經
進行	しんこう	前進
信号	しんごう	信號；紅綠燈
診察	しんさつ	診視
人生	じんせい	人生
親切	しんせつ	好意
心臓	しんぞう	心臟
身長	しんちょう	身高
新年	しんねん	新年
人物	じんぶつ	人物

漢字	平假名	中文
新聞	しんぶん	報紙
信用	しんよう	信用
信頼	しんらい	信任
森林	しんりん	森林
親類	しんるい	親屬
人類	じんるい	人類
水泳	すいえい	游泳
水準	すいじゅん	水準
推薦	すいせん	推薦
水道	すいどう	自來水（管道）
数学	すうがく	數學

性質	せいしつ	性質
総合	そうごう	綜合
相談	そうだん	協商
卒業	そつぎょう	畢業
建物	たてもの	建築物
楽しみ	たのしみ	樂趣
食べ物	たべもの	食物
注文	ちゅうもん	訂貨
到着	とうちゃく	抵達
友達	ともだち	朋友
泥棒	どろぼう	小偷

漢字	平假名	中文
肉体	にくたい	肉體
鶏	にわとり	雞
人形	にんぎょう	玩偶
人間	にんげん	人類
熱心	ねっしん	熱心
能率	のうりつ	效率
乗り換え	のりかえ	換車
爆発	ばくはつ	爆炸
反抗	はんこう	反抗
発見	はっけん	發現
発行	はっこう	發行

発達	はったつ	發達
発展	はってん	發展
発表	はっぴょう	發布
発明	はつめい	發明
反省	はんせい	反省
判断	はんだん	判斷
反対	はんたい	相反
反応	はんのう	反應
必要	ひつよう	必要
病院	びょういん	醫院
表現	ひょうげん	表現

漢字	平假名	中文
標準	ひょうじゅん	標準
表情	ひょうじょう	表情
平等	びょうどう	平等
評判	ひょうばん	評價
表面	ひょうめん	表面
貧乏	びんぼう	貧窮
風景	ふうけい	風景
風俗	ふうぞく	風俗
服裝	ふくそう	服裝
物質	ぶっしつ	物質
文法	ぶんぽう	文法

文明	ぶんめい	文明
分類	ぶんるい	分類
分解	ぶんかい	分解
文学	ぶんがく	文學
文通	ぶんつう	通信
平均	へいきん	平均
平行	へいこう	平行
勉強	べんきょう	學習
変更	へんこう	變動
防衛	ぼうえい	防衛
貿易	ぼうえき	貿易

漢字	平假名	中文
方向	ほうこう	方向
報告	ほうこく	報告
方針	ほうしん	方針
放送	ほうそう	廣播
方法	ほうほう	方法
訪問	ほうもん	訪問
法律	ほうりつ	法律
暴力	ぼうりょく	暴力
翻訳	ほんやく	翻譯
万一	まんいち	萬一
満員	まんいん	客滿

漢字	讀音	中文
満足	まんぞく	滿意
湖	みずうみ	湖
民族	みんぞく	民族
紫	むらさき	紫色
命令	めいれい	命令
迷惑	めいわく	麻煩
目的	もくてき	目的
物事	ものごと	事物
物差	ものさし	尺
問題	もんだい	問題
問答	もんどう	問答

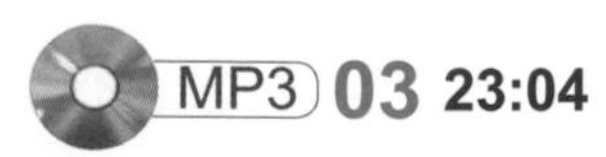

漢字	平假名	中文
約束	やくそく	諾言
夕方	ゆうがた	傍晚
有効	ゆうこう	有效
優勝	ゆうしょう	冠軍
夕食	ゆうしょく	晚餐
要求	ようきゅう	需求
用心	ようじん	留神
洋服	ようふく	西服
要領	ようりょう	要點
世の中	よのなか	世間
乱暴	らんぼう	暴力

留学	りゅうがく	留學
流行	りゅうこう	流行
料金	りょうきん	費用
両親	りょうしん	雙親
良心	りょうしん	良心
両方	りょうほう	雙方
恋愛	れんあい	戀愛
練習	れんしゅう	練習
連続	れんぞく	連續
連絡	れんらく	聯絡
老人	ろうじん	老年人

漢字	平假名	中文
労働	ろうどう	工作
論文	ろんぶん	論文
割合	わりあい	比例

5 音節

MP3 04

漢字	平假名	中文
午前中	ごぜんちゅう	上午
物語	ものがたり	故事
忘れ物	わすれもの	遺失物

日語單字的音節數是以其所有假名數為準。清音、濁音、半濁音，以及拗音、促音、長音都算1音節。集中記憶名詞、動詞、形容動詞等音節相同的詞組，學習單字最有效。

動詞…2音節

MP3 05

会う	あう	見面
合う	あう	合適
言う	いう	說
買う	かう	購買
開く	あく	打開
行く	いく	去
置く	おく	擱放
欠く	かく	缺欠
押す	おす	推
要る	いる	需要

漢字	平假名	中文
食う	くう	吃
書く	かく	寫
効く	きく	有效
聴/聞く	きく	聽聞
貸す	かす	借給
消す	けす	除去
組む	くむ	組合
切る	きる	切割
着る	きる	穿
来る	くる	來
吸う	すう	吸

裂く	さく	撕裂
咲く	さく	開花
敷く	しく	鋪墊
刺す	さす	刺
指す	さす	指示
死ぬ	しぬ	去世
去る	さる	離去
蹴る	ける	踢
知る	しる	知道
突く	つく	戳扎
付く	つく	附著

漢字	平假名	中文
出す	だす	拿出
経つ	たつ	經過
建つ	たつ	建立
立つ	たつ	站立
済む	すむ	結束
住む	すむ	居住
澄む	すむ	清澈
散る	ちる	分散
解く	とく	解除
説く	とく	說明
研ぐ	とぐ	磨快

積む	つむ	累積
釣る	つる	釣
出る	でる	出
捕/獲る	とる	獲得
採る	とる	採用
取る	とる	拿
跳ぶ	とぶ	蹦跳
縫う	ぬう	縫
泣く	なく	哭泣
鳴く	なく	鳴叫
抜く	ぬく	抽出

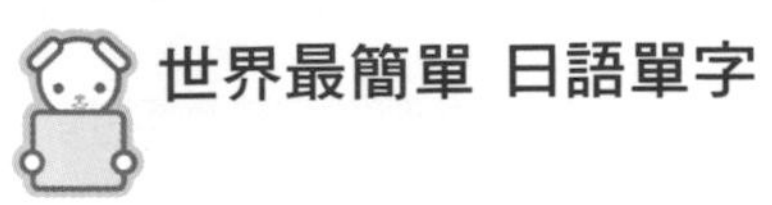

漢字	平假名	中文
脱ぐ	ぬぐ	脫
飛ぶ	とぶ	飛
成る	なる	成為
鳴る	なる	鳴響
似る	にる	像
煮る	にる	煮
掃く	はく	掃地
吐く	はく	吐出
履く	はく	穿鞋
飲む	のむ	喝
塗る	ぬる	塗抹

寝る	ねる	睡覺
載る	のる	登載
乗る	のる	乘坐
張る	はる	伸展
貼る	はる	貼黏
引く	ひく	牽拉
弾く	ひく	彈
拭く	ふく	擦拭
吹く	ふく	吹
乾/干す	ほす	曬乾
踏む	ふむ	踩踏

漢字	平假名	中文
降る	ふる	降下
振る	ふる	揮；搖
減る	へる	減少
掘る	ほる	挖掘
巻く	まく	裹繞
撒く	まく	散布
蒔く	まく	播種
向く	むく	朝向
増す	ます	增加
待つ	まつ	等待
持つ	もつ	拿

日本語	読み方	中文
揉む	もむ	搓揉
彫る	ほる	雕刻
見る	みる	看
焼く	やく	烤
呼ぶ	よぶ	喊叫
止む	やむ	停止
読む	よむ	閱讀
遣る	やる	給予
依る	よる	依照
寄る	よる	接近
沸く	わく	沸騰

漢字	平假名	中文
湧く	わく	湧出
割る	わる	破裂
噛む	かむ	咬嚼

3音節

MP3 06

漢字	平假名	中文
洗う	あらう	洗
歩く	あるく	走路
飽きる	あきる	厭倦
開ける	あける	打開
明ける	あける	天亮
揚げる	あげる	煎炸
遊ぶ	あそぶ	遊玩

日文	假名	中文
当たる	あたる	命中
当てる	あてる	碰撞
浴びる	あびる	洗澡
歌う	うたう	唱歌
動く	うごく	行動
生かす	いかす	活命
移す	うつす	搬動
写す	うつす	抄寫
傷む	いたむ	疼痛
入れる	いれる	放進
受ける	うける	領受

06 01:27

漢字	平假名	中文
植える	うえる	種植
浮かぶ	うかぶ	漂浮
覆う	おおう	覆蓋
描く	えがく	描繪
選ぶ	えらぶ	挑選
拝む	おがむ	叩拜；懇求
移る	うつる	遷移
写/映る	うつる	映照
埋める	うめる	埋沒
終える	おえる	結束
起きる	おきる	起床

日文	讀音	中文
送る	おくる	寄送
襲う	おそう	襲擊
思う	おもう	以為
泳ぐ	およぐ	游泳
起こす	おこす	喚起
落とす	おとす	掉落
起こる	おこる	發生
怒る	おこる	生氣
落ちる	おちる	落下
踊る	おどる	跳舞
終わる	おわる	結束

漢字	平假名	中文
返す	かえす	退還
帰る	かえる	回家
換える	かえる	替換
変える	かえる	改變
返る	かえる	返回
掛かる	かかる	懸掛
限る	かぎる	限制
掛ける	かける	懸掛
欠ける	かける	缺
囲む	かこむ	環繞
通う	かよう	往來

飾る	かざる	裝飾
借りる	かりる	租借
代わる	かわる	取代
変わる	かわる	改變
消える	きえる	消失
決まる	きまる	決定
決める	きめる	決定
切れる	きれる	鋒利
狂う	くるう	瘋狂
崩す	くずす	使崩潰
暮らす	くらす	過日子

漢字	平假名	中文
腐る	くさる	腐爛
下る	くだる	下降
配る	くばる	分發
暮れる	くれる	天黑
削る	けずる	抹滅
凍る	こおる	結凍
好む	このむ	喜好
溢す	こばす	溢出
殺す	ころす	殺死
壊す	こわす	毀壞
探す	さがす	尋找

日本語	読み方	中文
転ぶ	ころぶ	跌倒
叫ぶ	さけぶ	喊叫
困る	こまる	為難
下がる	さがる	下降
避ける	さける	避開
下げる	さげる	降低
刺さる	ささる	刺進
摩る	さする	撫摸
誘う	さそう	邀請
諭す	さとす	曉諭
冷ます	さます	弄涼

MP3 06 05:57

漢字	平假名	中文
醒す	さます	弄醒
さがす	さがす	尋找
させる	させる	使、讓
悟る	さとる	省悟
冷める	さめる	變涼
触る	さわる	觸摸
仕舞う	しまう	收拾
沈む	しずむ	沉沒
染みる	しみる	沾染
叱る	しかる	斥責
縛る	しばる	捆綁

絞/搾る	しぼる	擠榨
閉まる	しまる	關閉
救う	すくう	拯救
示す	しめす	指示
湿す	しめす	弄濕
過ごす	すごす	渡過
進む	すすむ	前進
湿る	しめる	潮濕
閉める	しめる	關上
締める	しめる	勒緊
据える	すえる	放置

漢字	平假名	中文
過ぎる	すぎる	通過
捨てる	すてる	拋棄
揃う	そろう	齊全
済ます	すます	結束
ずらす	ずらす	挪開
育つ	そだつ	培育
滑る	すべる	滑溜
座る	すわる	坐
迫る	せまる	逼近
攻める	せめる	進攻
添える	そえる	增添

耐/堪える	たえる	忍受
叩く	たたく	敲打
倒す	たおす	推倒
騙す	だます	欺騙
試す	ためす	嚐試
畳む	たたむ	折疊
頼む	たのむ	請求
立てる	たてる	豎立
建てる	たてる	建造
食べる	たべる	吃
黙る	だまる	沉默

漢字	平假名	中文
使う	つかう	使用
尽くす	つくす	竭力
保つ	たもつ	保存
縮む	ちぢむ	收縮
掴む	つかむ	抓住
作る	つくる	做、造
貯める	ためる	儲存
溜める	ためる	積存
頼る	たよる	依賴
足りる	たりる	足夠
出会う	であう	遇見

続く	つづく	繼續
潰す	つぶす	擠碎
照らす	てらす	照射
包む	つつむ	包上
付ける	つける	加上
詰まる	つまる	堵塞
詰める	つめる	填塞
積もる	つもる	累積
出来る	できる	可以
届く	とどく	達到
通す	とおす	通過

漢字	平假名	中文
直す	なおす	改正
治す	なおす	治療
解ける	とける	解開
溶ける	とける	融化
止まる	とまる	停止
止める	とめる	停下
直る	なおる	修好
習う	ならう	學習
似合う	にあう	合適
流す	ながす	沖刷
亡くす	なくす	死

無くす	なくす	失去
並ぶ	ならぶ	排列
悩む	なやむ	煩惱
治る	なおる	治好
投げる	なげる	扔擲
慣れる	なれる	適應
匂う	におう	有氣味
願う	ねがう	希望
憎む	にくむ	怨恨
睨む	にらむ	瞪眼
盗む	ぬすむ	盜竊

漢字	平假名	中文
握る	にぎる	握
逃げる	にげる	逃跑
抜ける	ぬける	脫落
濡れる	ぬれる	淋濕
眠る	ねむる	睡覺
狙う	ねらう	瞄準
除く	のぞく	去掉
覗く	のぞく	窺視
残す	のこす	剩餘
延ばす	のばす	拉長
伸ばす	のばす	延伸

望む	のぞむ	希望
残る	のこる	留下
載せる	のせる	裝載
乗せる	のせる	使搭乘
延びる	のびる	延長
伸びる	のびる	伸展
昇る	のぼる	上升
登る	のぼる	登上
生える	はえる	生長
計る	はかる	估量
図る	はかる	謀求

漢字	平假名	中文
運ぶ	はこぶ	搬運
挟む	はさむ	夾
走る	はしる	跑
省く	はぶく	省略
外す	はずす	取下
果たす	はたす	實行
放す	はなす	放開
離す	はなす	分開
話す	はなす	說
跳ねる	はねる	跳躍
嵌める	はめる	鑲嵌

流行る	はやる	盛行
逸る	はやる	著急
払う	はらう	拂；付錢
晴れる	はれる	晴朗
拾う	ひろう	撿、拾
響く	ひびく	響
開く	ひらく	打開
防ぐ	ふせぐ	防守
冷やす	ひやす	冷卻
含む	ふくむ	包括
晴れる	はれる	放晴

MP3 06 14:42

漢字	平假名	中文
冷える	ひえる	變冷
光る	ひかる	發光
増やす	ふやす	增添
増える	ふえる	增加
太/肥る	ふとる	發胖
触れる	ふれる	觸及
褒める	ほめる	誇獎
曲がる	まがる	彎曲
負ける	まける	敗北
曲げる	まげる	捲曲
混/交じる	まじる	混雜

漢字	假名	中文
迷う	まよう	迷失
招く	まねく	邀約
磨く	みがく	擦拭
回す	まわす	轉動
乱す	みだす	擾亂
学ぶ	まなぶ	學習
守る	まもる	維護
回る	まわる	轉動
見える	みえる	看得見
見せる	みせる	顯示
向かう	むかう	面對

漢字	平假名	中文
目立つ	めだつ	顯眼
目指す	めざす	打算
戻す	もどす	退還
燃やす	もやす	燃燒
満ちる	みちる	充滿
実る	みのる	成熟
燃える	もえる	點燃
潜る	もぐる	潛入
戻る	もどる	返回
貰う	もらう	領受
雇う	やとう	雇用

洩/漏らす	もらす	漏
訳す	やくす	翻譯
休む	やすむ	休息
勝/優る	まさる	勝過
洩/漏れる	もれる	漏
焼ける	やける	燃燒
痩せる	やせる	消瘦
破る	やぶる	破敗
許す	ゆるす	允許
汚す	よごす	弄髒
略す	りゃくす	縮短

MP3 06 17:23

漢字	平假名	中文
沸かす	わかす	燒開
止める	やめる	作罷
辞める	やめる	辭退
譲る	ゆずる	讓給
揺れる	ゆれる	震動
寄せる	よせる	靠近
誇る	ほこる	自豪
笑う	わらう	笑
渡す	わたす	交給
分かる	わかる	知道
分ける	わける	分割

渡る	わたる	渡過
割れる	われる	破碎

4音節

MP3 07

扱う	あつかう	處理
争う	あらそう	爭鬥
頂く	いただく	領受
表す	あらわす	表示
動かす	うごかす	挪動
預ける	あずける	存放
与える	あたえる	給予
集まる	あつまる	集合

漢字	平假名	中文
集める	あつめる	收集
合わせる	あわせる	合併；對照
伺う	うかがう	拜訪
失う	うしなう	失掉
疑う	うたがう	懷疑
行う	おこなう	進行
産/生まれる	うまれる	出生
応じる	おうじる	回應
遅れる	おくれる	遲
押さえる	おさえる	壓住
抑える	おさえる	鎮壓

教える	おしえる	教導
苦しむ	くるしむ	苦惱
覚える	おぼえる	記住
数える	かぞえる	數算
感じる	かんじる	覺得
聞こえる	きこえる	聽得見
禁じる	きんじる	禁止
崩れる	くずれる	倒塌
加える	くわえる	添加
比べる	くらべる	比較
答える	こたえる	應答

漢字	平假名	中文
従う	したがう	跟隨
誤魔化す	ごまかす	瞞騙
異なる	ことなる	不同
断わる	ことわる	回決
転がる	ころがる	滾動
壊れる	こわれる	破壞
支える	ささえる	支持
察する	さっする	覺查
仕上げる	しあげる	完成
生じる	しょうじる	發生
知らせる	しらせる	通知

動詞	讀音	中文
調べる	しらべる	調査
信じる	しんじる	相信
優れる	すぐれる	優秀
進める	すすめる	推進
接する	せっする	對待
属する	ぞくする	屬於
育てる	そだてる	培育
備える	そなえる	預備
揃える	そろえる	使一致
伝える	つたえる	傳達
助かる	たすかる	有救

MP3 07 03:35

漢字	平假名	中文
助ける	たすける	幫助
続ける	つづける	繼續
通じる	つうじる	通過
達する	たっする	達到
尋ねる	たずねる	詢問
疲れる	つかれる	疲勞
伝わる	つたわる	傳到
伴う	ともなう	伴隨
慎む	つつしむ	謹慎
勤める	つとめる	做事
努める	つとめる	擔任

潰れる	つぶれる	壓壞
適する	てきする	適合
届ける	とどける	送交
捕える	とらえる	捉住
眺める	ながめる	注視
並べる	ならべる	擺成
悩ます	なやます	苦惱
励ます	はげます	鼓勵
流れる	ながれる	流動
無くなる	なくなる	不見
怠ける	なまける	偷懶

漢字	平假名	中文
始まる	はじまる	開始
始める	はじめる	開始
働く	はたらく	勞動
離れる	はなれる	分離
控える	ひかえる	控制
膨らむ	ふくらむ	膨脹
引っ張る	ひっぱる	拉扯
開ける	ひらける	開化；開通
広がる	ひろがる	擴大
広げる	ひろげる	擴張
膨れる	ふくれる	膨脹

塞がる	ふさがる	堵塞
ぶつかる	ぶつかる	碰撞
震える	ふるえる	顫抖
滅/亡びる	ほろびる	滅亡
滅/亡ぼす	ほろぼす	消滅
導く	みちびく	引導
結ぶ	むすぶ	繫結
見送る	みおくる	送行
乱れる	みだれる	混亂
見つかる	みつかる	找到
見つける	みつける	發現

漢字	平假名	中文
認める	みとめる	認定
迎える	むかえる	迎接
むかつく	むかつく	反胃；生氣
報いる	むくいる	報答
養う	やしなう	扶養
喜ぶ	よろこぶ	欣喜
用いる	もちいる	使用
求める	もとめる	要求
敗れる	やぶれる	打敗
破れる	やぶれる	破裂
汚れる	よごれる	骯髒

分かれる	わかれる	分離
忘れる	わすれる	忘記

5音節

MP3 08

訪れる	おとずれる	拜訪
考える	かんがえる	認為
繰り返す	くりかえす	反覆
確かめる	たしかめる	查明
立ち上がる	たちあがる	起立
立ち止まる	たちどまる	止步
捕/掴まえる	つかまえる	抓住
整える	ととのえる	整理

漢字	平假名	中文
取り上げる	とりあげる	拿起來
慰める	なぐさめる	安慰
引き受ける	ひきうける	承辦
振り返る	ふりかえる	回頭
間違える	まちがえる	弄錯
申し込む	もうしこむ	申請
横たえる	よこたえる	橫放
横たわる	よこたわる	躺
喜ばす	よろこばす	使高興

副詞…2音節

MP3 09

且つ	かつ	而且
直ぐ	すぐ	馬上
是非	ぜひ	務必
唯/只	ただ	只是
何故	なぜ	為何
又	また	再
未だ	まだ	還
若し	もし	如果
約	やく	大約
やや	やや	稍微

3音節

MP3 10

いかが	いかが	如何
幾つ	いくつ	多少
幾ら	いくら	多少
何時も	いつも	總是
凡そ	およそ	大約
かつて	かつて	曾經
かなり	かなり	相當
きっと	きっと	一定
更に	さらに	更加
自然	しぜん	自然地

漢字	讀音	中文
少し	すこし	少許
ずっと	ずっと	一直
既に	すでに	已經
全て	すべて	一切
大分	だいぶ	相當
確か	たしか	確實地
多分	たぶん	可能
単に	たんに	只是
丁度	ちょうど	恰好
一寸	ちょっと	稍微
遂に	ついに	終於

漢字	平假名	中文
常に	つねに	總是
つまり	つまり	總之
どうせ	どうせ	反正
どうぞ	どうぞ	請
どうも	どうも	很；真
特に	とくに	特別
とても	とても	很
何と	なんと	多麼
普通	ふつう	通常
まるで	まるで	簡直
寧ろ	むしろ	寧可

やっと	やっと	好不容易
わざと	わざと	故意

4音節

MP3 11

或いは	あるいは	或者
何時でも	いつでも	隨時
愈々	いよいよ	終於
恐らく	おそらく	很可能
反って	かえって	反而
必ず	かならず	必定
偶然	ぐうぜん	偶然
結局	けっきょく	結局

漢字	平假名	中文
決して	けっして	絕對
早速	さっそく	馬上
暫く	しばらく	暫時
確り	しっかり	堅實
折角	せっかく	特意
全然	ぜんぜん	絲毫
大して	たいして	並不
大抵	たいてい	幾乎
大半	たいはん	大半
度々	たびたび	屢次
段々	だんだん	逐漸

如何して	どうして	為什麼
とうとう	とうとう	終於
時々	ときどき	有時
中々	なかなか	很
成る程	なるほど	的確
初めて/始めて	はじめて	最初
はっきり	はっきり	清晰
殆ど	ほとんど	幾乎
本当	ほんとう	真的
益々	ますます	越發
真っ直ぐ	まっすぐ	一直

漢字	平假名	中文
全く	まったく	完全
間も無く	まもなく	不久
滅多に	めったに	罕見
勿論	もちろん	不用說
最も	もっとも	最
ようこそ	ようこそ	歡迎
漸く	ようやく	總算
宜しく	よろしく	請關照
わざわざ	わざわざ	故意

5音節

MP3 12

漢字	平假名	中文
出来るだけ	できるだけ	盡可能

如何しても	どうしても	無論如何
どのくらい	どのくらい	多少

形容動詞…3音節

MP3 13

好きな	すきな	喜歡的
駄目な	だめな	不好的
馬鹿な	ばかな	愚蠢的
無事な	ぶじな	平安的
不利な	ふりな	不利的
下手な	へたな	笨拙的
無理な	むりな	勉強的
楽な	らくな	輕鬆的

4 音節

MP3 14

偉大な	いだいな	了不起的
勝手な	かってな	任意的
哀/憐れな	あわれな	可憐的
意外な	いがいな	出乎意料的
鋭利な	えいりな	鋭利的
頑固な	がんこな	固執的
危険な	きけんな	危險的
嫌いな	きらいな	討厭的
綺麗な	きれいな	漂亮的
盛んな	さかんな	旺盛的

静かな	しずかな	安靜的
質素な	しっそな	樸素的
上手な	じょうずな	擅長的
丈夫な	じょうぶな	結實的
素直な	すなおな	率直的
多忙な	たぼうな	忙碌的
暢気な	のんきな	不慌不忙的
遥かな	はるかな	遙遠的
不思議な	ふしぎな	不可思議的
平気な	へいきな	不在乎的
便利な	べんりな	便利的

漢字	平假名	中文
真面目な	まじめな	認真的
見事な	みごとな	精彩的
愉快な	ゆかいな	愉快的
容易な	よういな	容易的
余計な	よけいな	多餘的
余分な	よぶんな	剩餘的
利口な	りこうな	機靈的
立派な	りっぱな	堂皇的

5 音 節

MP3 15

漢字	平假名	中文
曖昧な	あいまいな	曖昧的
明らかな	あきらかな	明顯的

色々な	いろいろな	各式各樣的
感心な	かんしんな	令人佩服的
完全な	かんぜんな	完善的
簡単な	かんたんな	簡單的
気の毒な	きのどくな	可憐的
健康な	けんこうな	健康的
重大な	じゅうだいな	重大的
十分な	じゅうぶんな	充分的
重要な	じゅうような	重要的
正直な	しょうじきな	正直的
新鮮な	しんせんな	新鮮的

漢字	平假名	中文
正確な	せいかくな	正確的
清潔な	せいけつな	清潔的
誠実な	せいじつな	誠實的
正当な	せいとうな	正當的
率直な	そっちょくな	坦率的
退屈な	たいくつな	無聊的
大切な	たいせつな	重要的
大変な	たいへんな	非常的
単純な	たんじゅんな	單純的
適当な	てきとうな	適當的
貧弱な	ひんじゃくな	貧乏的

不可能な	ふかのうな	不可能的
複雑な	ふくざつな	複雜的
不愉快な	ふゆかいな	不高興的
平凡な	へいぼんな	普通的
朗らかな	ほがらかな	明朗的
本当な	ほんとうな	真的
面倒な	めんどうな	費事的
厄介な	やっかいな	麻煩的
優秀な	ゆうしゅうな	出色的
有名な	ゆうめいな	知名的

形容詞…2音節

MP3 16

漢字	假名	中文
好い	いい	好
濃い	こい	濃稠
無い	ない	沒有
良/善い	よい	好

3音節

MP3 17

漢字	假名	中文
青い	あおい	藍色的
浅い	あさい	淺
厚い	あつい	厚
甘い	あまい	甜
痛い	いたい	疼痛

薄い	うすい	薄
巧い	うまい	巧妙
旨い	うまい	好吃
偉い	えらい	了不起
多い	おおい	許多
惜しい	おしい	遺憾
重い	おもい	沉重
固/堅/硬い	かたい	堅固
軽い	かるい	輕的
きつい	きつい	緊的
臭い	くさい	臭

漢字	平假名	中文
暗い	くらい	陰暗
黒い	くろい	黑色的
恐/怖い	こわい	恐怖
寒い	さむい	寒冷
凄い	すごい	了不起
狭い	せまい	窄小
高い	たかい	高
近い	ちかい	接近
強い	つよい	強壯
遠い	とおい	遠
長い	ながい	長

日文	假名	中文
苦い	にがい	苦
憎い	にくい	可惡
早い	はやい	早
速い	はやい	快速
低い	ひくい	低
広い	ひろい	寬闊
深い	ふかい	深的
太い	ふとい	粗
古い	ふるい	舊的
欲しい	ほしい	想要
細い	ほそい	纖細

MP3 17 02:40

漢字	平假名	中文
白い	しろい	白色的
不味い	まずい	不好吃
円/丸い	まるい	圓的
易い	やすい	容易
緩い	ゆるい	鬆弛
弱い	よわい	脆弱
若い	わかい	年輕
悪い	わるい	壞

4音節

MP3 18

漢字	平假名	中文
明るい	あかるい	明亮
危ない	あぶない	危險

漢字	假名	中文
怪しい	あやしい	可疑
五月蝿い	うるさい	囉唆的
嬉しい	うれしい	高興
美味しい	おいしい	美味
可笑しい	おかしい	可笑
幼い	おさない	幼小
賢い	かしこい	聰明
可愛い	かわいい	可愛
汚い	きたない	骯髒
厳しい	きびしい	嚴厲
悔しい	くやしい	遺憾

MP3 18 01:01

漢字	平假名	中文
悲しい	かなしい	悲哀的
苦しい	くるしい	痛苦
険しい	けわしい	險峻的
細かい	こまかい	細
寂しい	さびしい	寂寞
親しい	したしい	親密的
少ない	すくない	少
涼しい	すずしい	涼爽的
酸っぱい	すっぱい	帶酸味的
正しい	ただしい	正確
小さい	ちいさい	微小

冷たい	つめたい	冷、涼
激しい	はげしい	劇烈
等しい	ひとしい	相等
貧しい	まずしい	貧困
短い	みじかい	短
醜い	みにくい	難看
易しい	やさしい	容易
優しい	やさしい	和藹

5音節

MP3 19

暖/温かい	あたたかい	暖和
新しい	あたらしい	新的

漢字	平假名	中文
勇ましい	いさましい	英勇
忙しい	いそがしい	忙碌
美しい	うつくしい	美麗
面白い	おもしろい	有趣
大人しい	おとなしい	老實
詰まらない	つまらない	沒趣
恥ずかしい	はずかしい	害羞、可恥
難しい	むずかしい	困難
珍しい	めずらしい	珍奇
喧しい	やかましい	喧鬧
柔/軟らかい	やわらかい	柔軟

接頭語・接尾語

MP3 20

接頭語：只附接於別的單語上，而不能單獨使用。
主要是增添某種意義、加強語法。

【お】

お茶……**お**ちゃ……（茶）
お天気……**お**てんき……（天氣）
お待ち……**お**まち……（等候）

【ご】

ご両親……**ご**りょうしん……（令尊和令堂）
ご案内……**ご**あんない……（招待）
ご飯……**ご**はん……（飯）

【真】

真っ赤……**ま**っか……（全紅）
真夜中……**ま**よなか……（子夜）
真ん中……**ま**んなか……（正中）

【不】

不器用……**ぶ**きよう……（笨拙）
不都合……**ふ**つごう……（不方便）

【初】

初耳……**はつ**みみ……（初次聽到）
初雪　**はつ**ゆき　（第一場雪）

【片】

片手……かたて……（一隻手）

片道……かたみち……（單程）

【丸】

丸焼き……まるやき……（全烤）

丸三年……まるさんねん……（整三年）

【素】

素顔……すがお……（不施脂粉）

素足……すあし……（光腳）

【物】

物凄い……ものすごい……（非常驚人）

物静か……ものしずか……（非常安靜）

接尾語：只附接於別的單語後，而不能單獨使用。單語有時會改變其詞類。

【さん、様】

お母（かあ）さん……（媽媽）

ご苦労（くろう）さま……（辛苦了）

ごちそうさま……（豐盛招待）

【たち】

私（わたし）たち……（我們）

若者（わかもの）たち……（年輕人們）

【ら】	彼（かれ）**ら**	（他們）
	子供（こども）**ら**	（孩子們）
【屋】	本屋……ほん**や**	（書店）
	魚屋……さかな**や**	（魚店）
【手】	話し手……はなし**て**	（說話者）
	聞き手……きき**て**	（聽者）
【さ】	重（おも）**さ**	（重量）
	高（たか）**さ**	（高度）
【み】	甘（あま）**み**	（甜度）
	強（つよ）**み**	（強度）
【中】	授業中……じゅぎょう**ちゅう**	（上課中）
	会議中……かいぎ**ちゅう**	（會議中）
	日本中……にほん**じゅう**	（全日本）
	本月中……こんげつ**じゅう**	（本月中）
【風】	西洋風……せいよう**ふう**	（西洋風格）
	日本風……にほん**ふう**	（日本風格）

【付き】	目（め）つき		（眼神）
	テープ付き	てーぷつき	（附錄音帶）
【方】	読み方	よみかた	（讀法）
	見方	みかた	（看法）
【ぶり】	生活（せいかつ）ぶり		（生活情況）
	勉強（べんきょう）ぶり		（學習態度）
	ひさしぶり		（好久）
【らしい】	冬（ふゆ）らしい		（冬天氣氛）
	男（おとこ）らしい		（男性氣概）
	学生（がくせい）らしい		（像個學生）
【っぽい】	水（みず）っぽい		（水份過多）
	忘（わす）れっぽい		（健忘）
	子供っぽい		（孩子氣）
【やすい】	飲（の）みやすい		（容易喝）
	書（か）きやすい		（容易寫）

記憶測驗

MP3 21

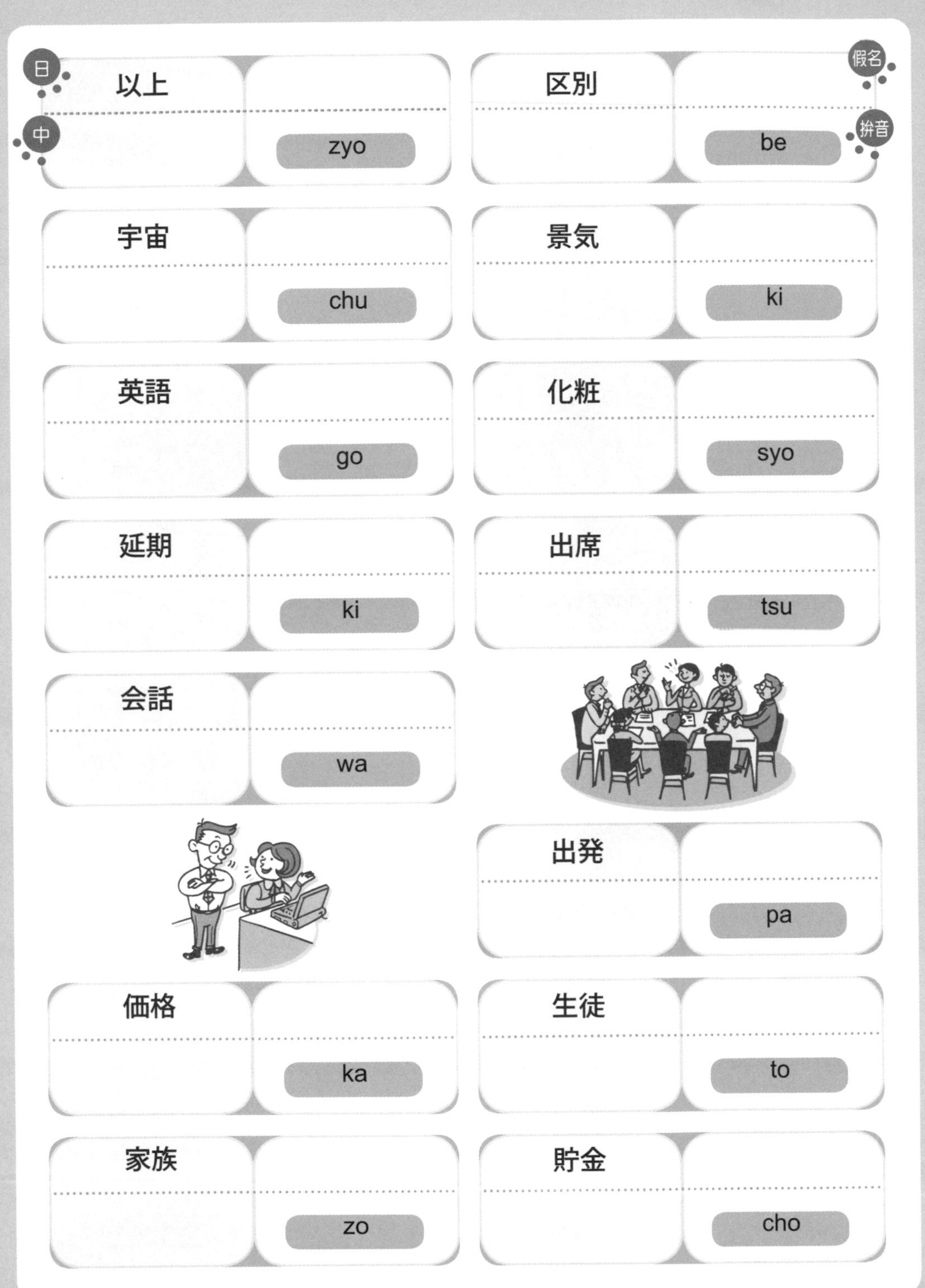
日
中
假名
拼音
以上
zyo
区別
be
宇宙
chu
景気
ki
英語
go
化粧
syo
延期
ki
出席
tsu
会話
wa
出発
pa
価格
ka
生徒
to
家族
zo
貯金
cho

漢字	讀音
得意	i
名刺	shi
名前	na
模様	mo
荷物	ni
野球	kyu
人気	ki
指輪	bi
見本	mi
用事	zi
未来	mi
料理	ri
昔	shi
旅行	ryo

記憶測驗

MP3 21 02:52

列車
sha
芸術
zyu
廊下
ka
現金
ge-ki
案内
n
合格
go
海外
ga
広告
u
興味
mi
紹介
sho
情報
zyo
協力
ryo
将来
u
銀行
gi
女性
zyo

漢字	讀音
信号	go
水泳	su-e
総合	go
相談	da
卒業	gyo
注文	chu
泥棒	do
人形	gyo
分野	bu
変更	u
放送	ho-so
満員	ma-i
夕食	sho
留学	ga

記憶測驗

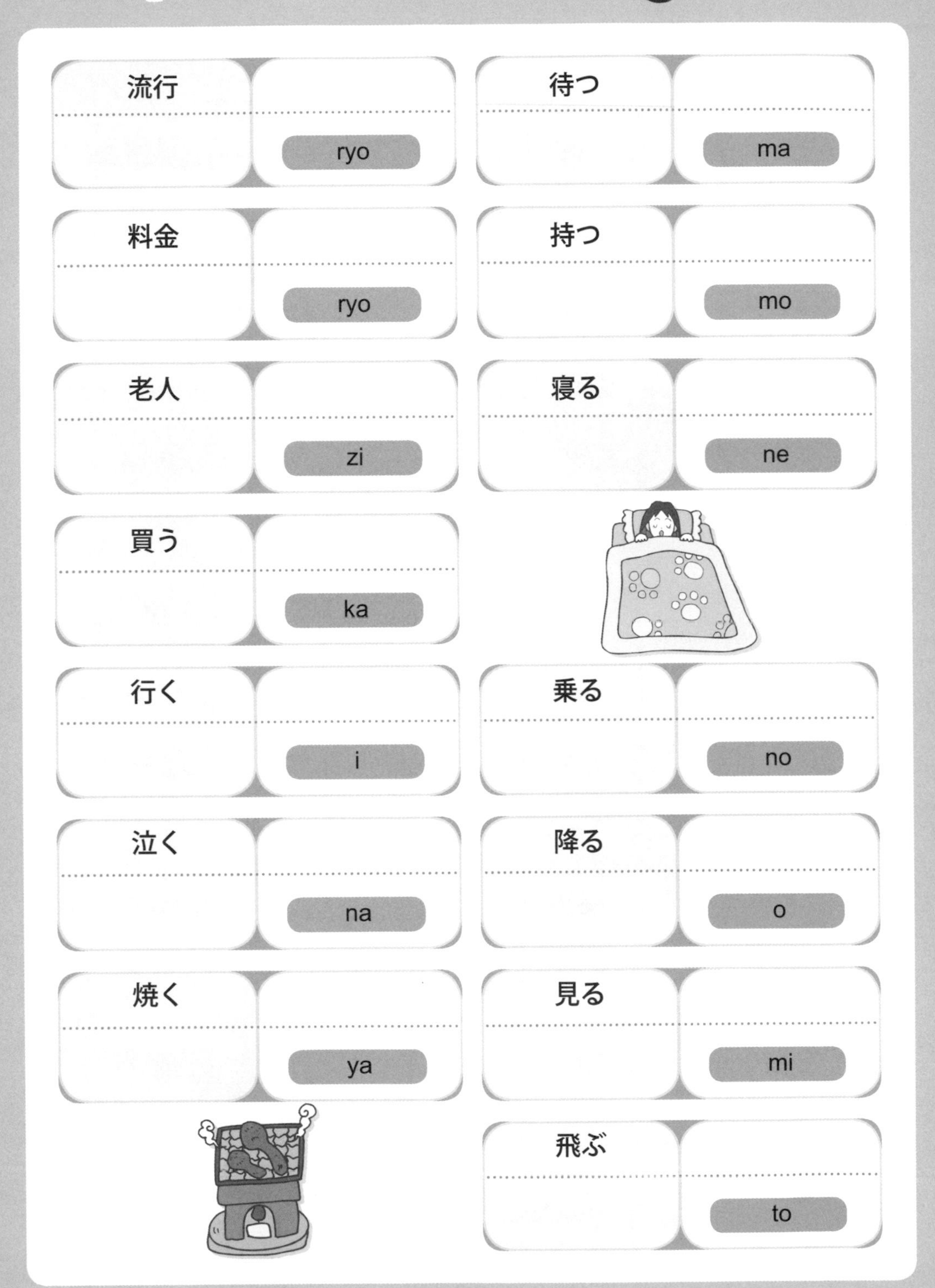

漢字	假名
流行	ryo
料金	ryo
老人	zi
買う	ka
行く	i
泣く	na
焼く	ya
待つ	ma
持つ	mo
寝る	ne
乗る	no
降る	o
見る	mi
飛ぶ	to

MP3
21
06:26

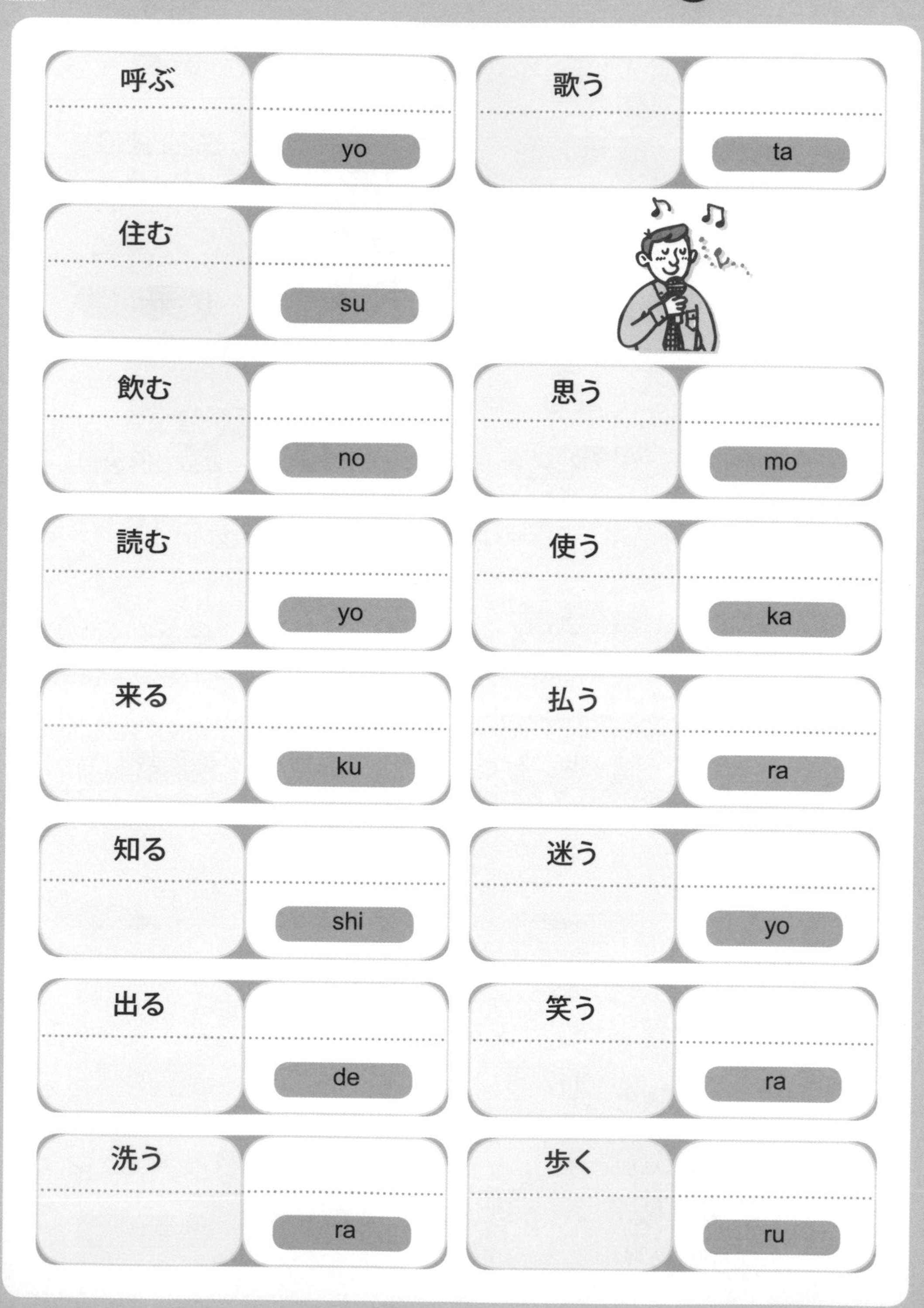
呼ぶ
yo
歌う
ta
住む
su
飲む
no
思う
mo
読む
yo
使う
ka
来る
ku
払う
ra
知る
shi
迷う
yo
出る
de
笑う
ra
洗う
ra
歩く
ru

記憶測驗

21 07:35

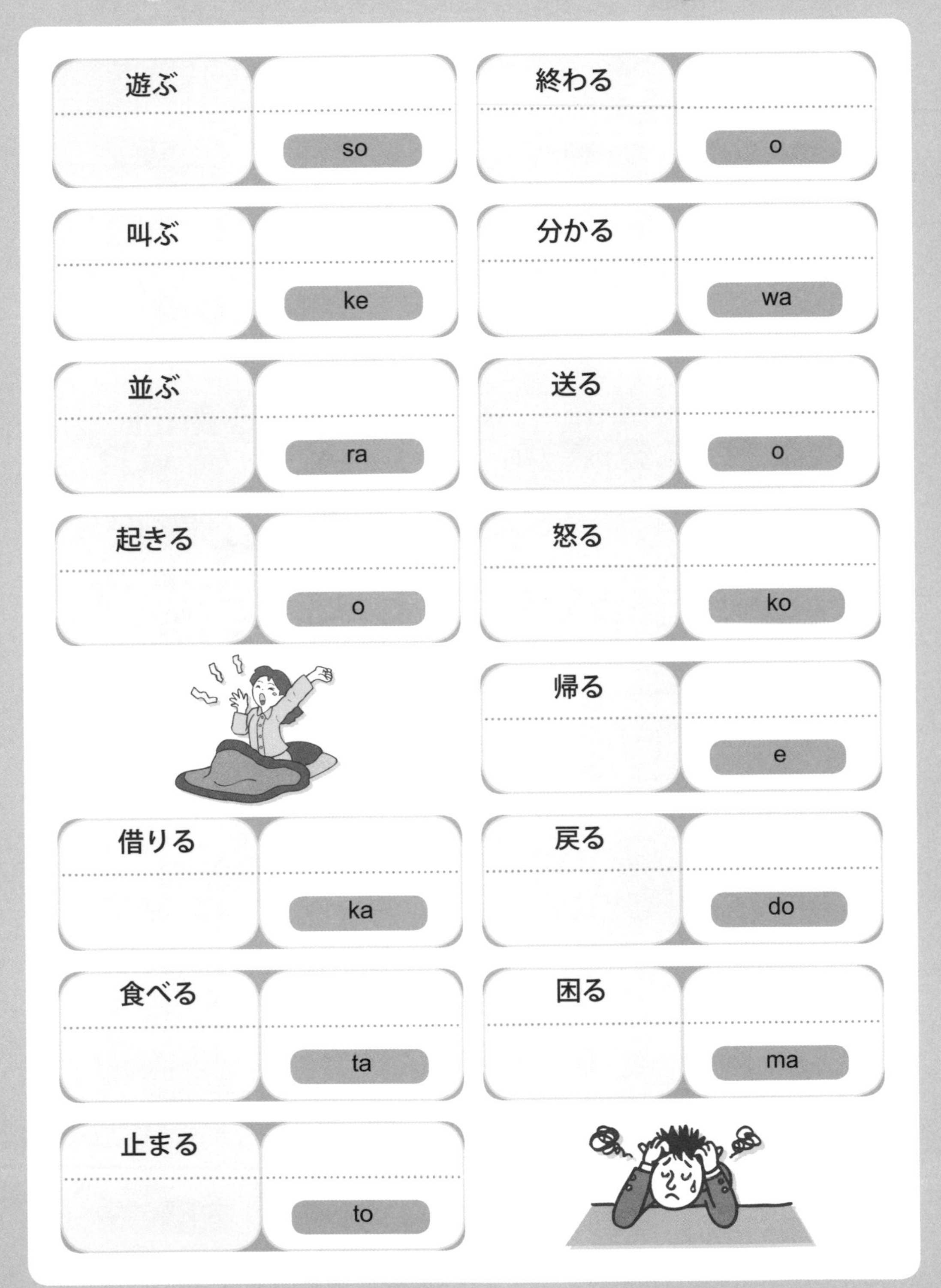

單字	提示
遊ぶ	so
叫ぶ	ke
並ぶ	ra
起きる	o
借りる	ka
食べる	ta
止まる	to
終わる	o
分かる	wa
送る	o
怒る	ko
帰る	e
戻る	do
困る	ma

單字	提示
座る	wa
作る	ku
握る	gi
眠る	mu
残る	ko
頼む	ta
包む	tsu
休む	su
教える	shi
覚える	bo
数える	zo
答える	ta
迎える	ka
調べる	ra

記憶測驗

MP3 21 09:56

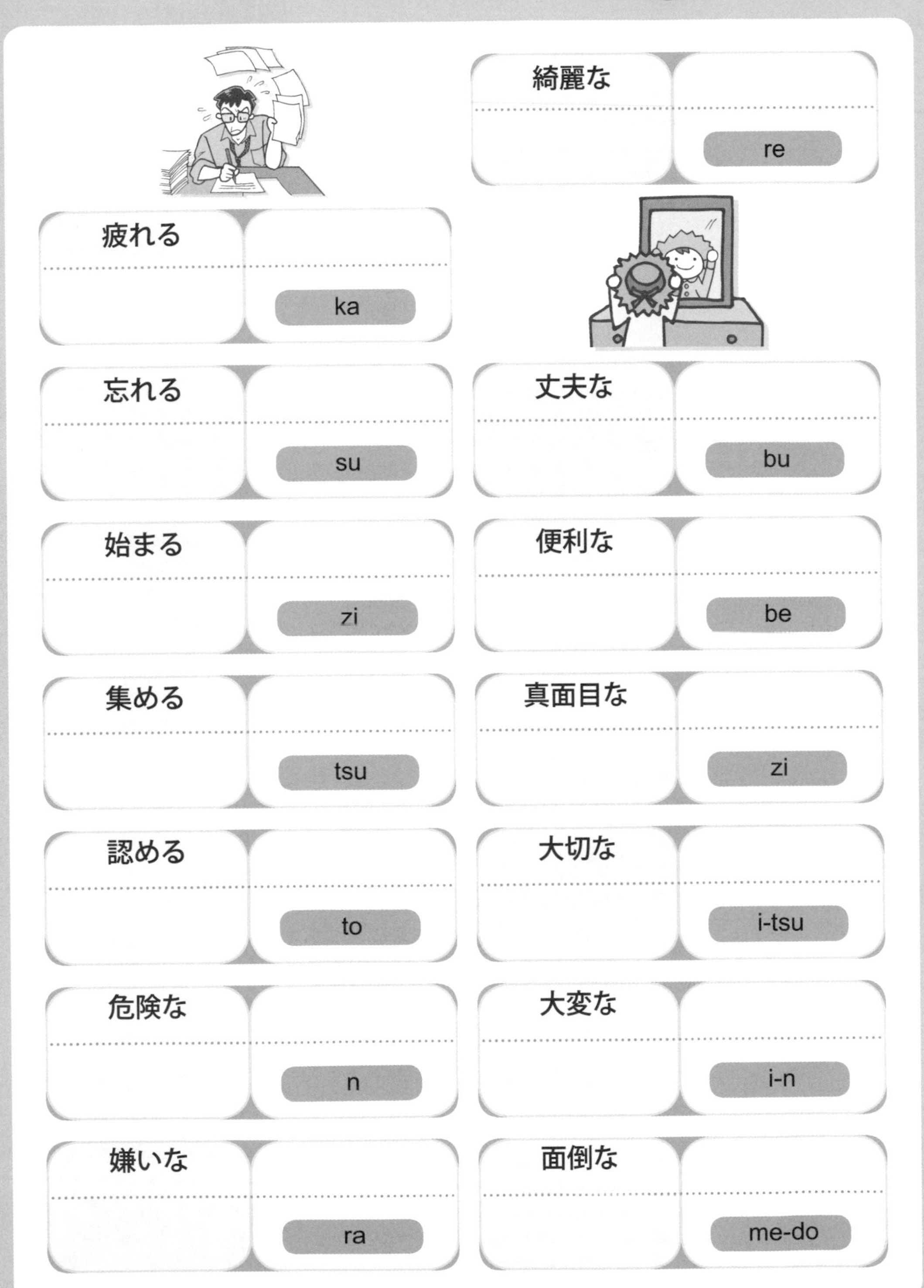
疲れる
ka
忘れる
su
始まる
zi
集める
tsu
認める
to
危険な
n
嫌いな
ra
綺麗な
re
丈夫な
bu
便利な
be
真面目な
zi
大切な
i-tsu
大変な
i-n
面倒な
me-do

國家圖書館出版品預行編目資料

世界最簡單 日語單字/林小瑜, 杉本愛莎合著. -
新北市：哈福企業有限公司, 2023.06
面； 公分. -- (日語系列；27)

ISBN 978-626-97124-7-2 (平裝)
1.CST: 日語 2.CST: 詞彙
803.12 112006268

免費下載QR Code音檔
行動學習，即刷即聽

世界最簡單：日語單字
（附 QR Code 行動學習音檔）

作者／林小瑜，杉本愛莎
責任編輯／ Lilibet Wu
封面設計／李秀英
內文排版／ 林樂娟
出版者／哈福企業有限公司
地址／新北市淡水區民族路 110 巷 38 弄 7 號
電話／ (02) 2808-4587
傳真／ (02) 2808-6545
郵政劃撥／ 31598840
戶名／哈福企業有限公司
出版日期／ 2023 年 6 月
台幣定價／ 349 元 (附 QR Code 線上 MP3)
港幣定價／ 116 元 (附 QR Code 線上 MP3)
封面內文圖 / 取材自 Shutterstock

全球華文國際市場總代理／采舍國際有限公司
地址／新北市中和區中山路 2 段 366 巷 10 號 3 樓
電話／ (02) 8245-8786
傳真／ (02) 8245-8718
網址／ www.silkbook.com 新絲路華文網

香港澳門總經銷／和平圖書有限公司
地址／香港柴灣嘉業街 12 號百樂門大廈 17 樓
電話／ (852) 2804-6687
傳真／ (852) 2804-6409

email ／ welike8686@Gmail.com
facebook ／ Haa-net 哈福網路商城

電子書格式：PDF